U0536498

当代诗词三百首

◎《中华诗词》类编

《中华诗词》杂志社 编

中国书籍出版社
China Book Press

图书在版编目（CIP）数据

当代诗词三百首 /《中华诗词》杂志社编. -- 北京:
中国书籍出版社, 2022.10
（《中华诗词》类编 ; 1）
ISBN 978-7-5068-9206-3

Ⅰ. ①当… Ⅱ. ①中… Ⅲ. ①诗词—作品集—中国—
当代 Ⅳ. ①I227

中国版本图书馆CIP数据核字（2022）第175381号

当代诗词三百首
《中华诗词》杂志社 编

策划编辑 师 之
责任编辑 宋 然
责任印制 孙马飞 马 芝
封面设计 张亚东
出版发行 中国书籍出版社
地　　址 北京市丰台区三路居路97号（邮编：100073）
电　　话 （010）52257143（总编室）（010）52257140（发行部）
电子邮箱 eo@chinabp.com.cn
经　　销 全国新华书店
印　　刷 廊坊市金虹宇印务有限公司
开　　本 787毫米 × 1092毫米 1/16
字　　数 118千字
印　　张 10.25
版　　次 2022年10月第1版 2022年10月第1次印刷
书　　号 ISBN 978-7-5068-9206-3
定　　价 432.00元（全9册）

目录

张伯驹

小秦王·乙卯清明后游场台大觉寺看花

年年岁岁到场台，寒暖阴晴也自来。迭嶂风沙遮不住，杏花半似雾中开。

1994年创刊号

俞平伯

散曲·江儿水

绿柳令舒翠，红飞半落苔。感缠绵儿女燕脂态。茫茫歧路莺花界，虚舟来往无牵碍。修竹天寒人在，旧曲重听，待说与知音能解。

1994年创刊号

黄君坦

晓川约游北戴河逭暑赋谢。兼呈瞿翁、丛叟

浮屿联峰，喑甲马天风海涛。舟车过、汉关秦月，隐隐迢迢。一角边垣萦带砺，百年裸壤涤腥臊。占鸥沙、灯火簇楼台，渔唱招。　　开荜路，嬉采旄。天水碧，暑氛消。话山庄玉辇，月殿琼箫。清浅依稀游钓处，炎凉长付去来潮。莫登楼、风雨望归帆，东海崂。

1994年创刊号

田翠竹

登岳阳楼

楼背城垣面洞庭，天苍苍处水冥冥。
酿成美酒千钟碧，画出君山一点青。
兰芷不随筠泪湿，鱼龙长傍楚魂醒。
渔歌向晚翻新曲，笑倚危栏仔细听。

1994年创刊号

吴无闻

贺新凉·戊辰五月十二日奉安先夫子夏承焘教授灵骨于千岛湖羡山墓地

幽绝湖堤路，最关情、轻梳白羽，一行鸥鹭。缥缈闲云羡峰顶，似有仙灵来去。拍手招、词翁同住。千岛回环拱一墓，荡晴波，万顷涵丛树。春不老，人千古。　平生兴在林泉处。记流连、西湖北雁，竹笻麻屦。唤取桐君与严叟，还有南邻神姥。共商酌、诗词隽句。我有离愁如絮乱，任天风、吹梦成烟雾。鹃语咽，四山暮。

1994年创刊号

苏步青

滞京二十一世纪饭店

生在二十世纪人，来当廿一世纪客。眼前楼阁尽凌霄，头上鬓丝无重黑。身逢盛世欲何为？九十年华未觉悲。君不见，古代河阳急应中，老妪犹得备晨炊。我欲为民为国尽余微。

1994年创刊号

马万祺

首都绿色文化碑林

翠荫环城百鸟翔，樱花时节牡丹香。
春风润发江南岸，时雨滋丰塞北疆。
大地春秋林万里，江河冬夏树千行。
移山倒海愚公志，绿化成功世代康。

1994年创刊号

王巨农

无　题

柳色年年绿涨深，东君一别邈难寻。
红颜早付潺潺雨，白首犹存耿耿心。
老去镜圆今夕梦，归来人剩旧时音。
行舟欲系千斤石，又怕寒生隔岸衾。

1994年创刊号

周谷城

论 诗

技术欣闻革命来，岂期文运亦鸿开。
诗词本是抒情体，格律何妨创作材。
莫再谦称传谬种，敢将敦厚育英才。
群龙有首贞逢吉，会友从兹树讲台。

1994年创刊号

张 璋

高阳台·记景芝酒厂二安座谈会

千里寻诗，景芝觅句，阳春三月齐州。花海人潮，群龙碧落神游。有钱难买桥公帖，况人生、短暂难留。莽乾坤，笑对斜晖，卖弄风流。　　古今诗酒因缘结，见黄花比瘦，金缕貔貅。一代词宗，二安并驾千秋。今宵宾主开吟宴，喜相逢、词侣同酬。畅怀饮，把酒千壶，一醉方休！

1994年创刊号

潘　受

光汉写吊钟花属题

自从瓦釜雷鸣后，弃置空山不计年。
稍以色参三昧火，暗收声入四禅天。
广文落笔初成画，彭泽听琴岂在弦？
把酒劝春同醉倒，一枝犹带鼎湖烟。

1994年创刊号

罗忼烈（中国香港）

蝶恋花·戊辰中春，游杭州西湖漫成

二月西湖波似染，稚柳夭桃，着处新妆点。谁道西施今不见，湖山依约春风面。　　一抹遥岑眉黛展，南北高峰，云荡双螺颤。羡煞定巢前社燕，年年俊赏来芳甸。

1994年创刊号

薛理茂

石上水流

衔杯已醉群芳影，对月难销故国情。
石上水流佳句涌，云间峰露绮思生。

1994年创刊号

姚奠中

香山有感

全国政协七届二次会期间，余寓香山饭店。寓后半山有双清别墅，毛主席下令“百万雄师过大江”处也。

西山古墅对朝霞，劫火中原亿万家。
永记元戎飞羽檄，直追穷寇到天涯。
且从小苑参苍柏，不向荒郊数暮鸦。
眼底几多忧国士，春寒催发玉兰花。

1994年创刊号

施蛰存

踏莎行·奉怀周梦庄先生兼题《海红词》

淮海清词，珠溪雅望。海红三卷存高唱。白头几阅市朝新，按歌琢句心犹壮。　　菊径秋香，菱花古赏。优游林下供颐养。十年我恨识荆迟，论文坐久陪藜杖。

1994年创刊号

钱仲联

浣溪沙·谢家桥银杏，次舅祖翁松禅谢桥小泊待潮韵

依旧寒塘寂寞潮，楚臣当日此停桡。金鳌魂梦阻天桥。

银杏拿云余一树，双忠祠外劫尘消。问他江燕可来巢？

1994年创刊号

叶元章

兰亭雅集，酬蔡厚示、林从龙

细雨兰亭路，秋深菊未开。
残碑卧幽径，瘦竹绕平台。
山气缘墙入，溪声破户来。
鹅池挥翰客，时欲斥风雷。

1994年创刊号

刘人寿

寄龙虎山诗会诸君子选一

甲戌春，中国龙虎山诗会有约，未克成行。吟成两律，代达悃诚。

鹰潭俊彩似星驰，难得风云际会时。
佳节清明金谷酒，名山壮丽锦囊诗。
脱胎换骨涪翁苦，恨别伤春杜牧痴。
负约刘郎留后约，相思豆结岭南枝。

1994年创刊号

喻　蘅

金缕曲·赠卓印环

印环词友，与余为风雨龙吟室同门。近自津门来书，畅论诗词改革之道，颇具高见。印环伉俪毕生执教，退休后经营履业，仍不废吟哦。昔罕言利，今竟“下海”，斯真能改革者也。因赋答。

卓立津门客。算平生青毡一片，教鞭三尺。世事沧桑人渐老，未减春风词笔。恁缱绻吟魂骚魄。风雨十年家国泪，倚新声历历抒胸臆。当此际，正愁绝。　　而今海宇回春色，羡君家临邛市隐，计然遗策。莫笑书生无一用，信是萦心改革。雅兴在更阑人寂，犹自挑灯哦好句，把乘除加减驱无迹。谁不说，忒豪逸？

1994年创刊号

孔凡章

甲戌年迎春曲十首选一

日月如恒鬓发更，白云苍狗漫关情。
寒威渐逐东风减，春意初从北鄙生。
橐笔凤城艰去住，滥竽鳌禁愧恩荣。
楼台高处邻丹阙，先听钧天鼓乐声。

1994年创刊号

蒋杏沾

春江泛舟

载人短艇劈波轻，江上夷犹值晚晴。
山岭青遮层树密，霜林红衬夕阳明。
渡头宁静渔舟稳，天宇苍凉雁阵横。
东道争夸新建设，微茫烟水一桥呈。

1994年创刊号

宛敏灏

南楼令·登黄山小补桥旧亭

谁系木兰舟，溪山胜处留？六年前曾此清游。犹记惊心风雨夜，涛怒吼，石奔流。　　小立断桥头，凉飔入袂柔。喜重来、狎浪中洲。最是晚凉天宇净，亭角外，月如钩。

1994年创刊号

陈贻焮

自题乐山大佛脚下小照

乐山有大佛，高踞何雄伟。头顶凌云霄，双足濯江水。树添螺髻青，崖映金身紫。人傍佛臂行，纤若缘槐蚁。适遇游方僧，深下皈依跪。我愚弗奉佛，亦惧婴时累。难舍尘根识，焉得免生死。纵思抱佛脚，无法登其趾。且拄筇杖立，赏此山川美。

1994年创刊号

王学仲

沁园春·畅游

禹夏神州，祖国舆图，助我豪情。喜九边五岳，莺花旖旎，八闽两粤，气象峥嵘。庐阜骞云，峨嵋踏月，三峡舟飞似鸟轻。最心赏，是探珠南海，听雨西泠。　　金樽有酒如渑，笑吸露餐霞学向平。况搜奇访胜，携来宏祖；擘笺斗韵，吟伴祯卿，十景入囊，四溟调彩，藻绘乾坤付管城。吞几个，尽漓江雁荡，洒作丹青。

1994年创刊号

张爱萍

清平乐·我国首次原子弹爆炸成功

（一九六四年十月十六日）

东风起舞，壮志千军鼓。苦斗百年今复主，矢志英雄伏虎。　　霞光喷射云空，腾起万丈长龙。春雷震惊寰宇，人间天上欢隆。

1994年第2期

方授楚

水调歌头·岳阳楼中秋赏月晚会

谁扫纤云净，一望碧空清。平湖万顷如镜，桂魄出沧溟。水底晶莹沉璧，天上冰轮璀璨，银汉转无声。缥缈琼楼影，绰约黛螺青。　　欢歌起，吹铁笛，奏瑶筝。翩翩玉女，乘风飞舞步轻盈。疑是广寒仙子，长伴嫦娥寂寞，来此庆升平。应羡人间好，禹域正龙腾！

1994年第2期

曹大铁

望海潮·登福州鼓山遥叩于张二业师墓台湾玉山外双溪

江山重复，人天息壤，望中密迩沧溟。蜀道细民，秦中处士，皎然河岳英灵。伟业慨生平。是民国元老，昭代天星。恍味青灯，陋儒有幸并传经。　　旨哉明德维馨。念登高望远，痛哭零丁。乡里羸耒，抚心撮土，凄其涕泗沾缨。故国尽归诚。诵寿词雄健，哀挽凄清。甚愿津梁共架，扶榇惬余情。

1994年第2期

戴　坚

相见欢·出席黄埔军校同学会第一届会员代表大会

京华喜又重逢，意融融。黄埔老兵情重气如虹。　　时代变，人物换，目标同。但愿民自多福国兴隆。

1994年第2期

常任侠

小别寄台湾吕凝芬

小别焉知再见难，梦中相晤泪偷弹。
惊鸿照水容如旧，灵鸟填河夜又阑。
尽有余芬凝角枕，敢怀密意寄琅轩。
阴晴圆缺浑无定，天上人间一例看。

1994年第2期

傅　义

吊西施

俞弁《逸老堂诗话》云：“余按《墨子·亲士篇》：‘西子之沉其美也。’……古今咸谓其从范蠡五湖之游，今乃知其终于沉，可以为西施雪千古之冤矣。”因赋此吊之。

美色终将祸国乎？亡身谁省为亡吴。
奇功已仗红颜女，霸业今归长颈奴。
浩浩云天飞鸟尽，茫茫烟水钓舟孤。
西施那有陶朱智，浪说随他泛五湖。

1994年第2期

富寿荪

夜　起

不寐中宵起，萧寥秋气深。

茫茫天地色，靡靡管弦音。

廉政逾三令，琼筵自万金。

谁怜风露下，忧国独行吟。

1994年第2期

王遐举

七里滩垂钓

七里滩头聊自娱，蓑衣箬笠颇安舒。

平生未敢攀高隐，不着羊裘也钓鱼。

1994年第2期

徐定戡

买陂塘

鹿车重游南澳，时儿子新居落成，爱其泉石卉木之胜，慨然有终老之志，赋此见意。

喜还听、娵隅蛮语，通廛阛阓依旧。韶华箭羽绨裘换，看足白衣苍狗。怅别后、浑不记，上番题壁曾栽柳。自甘衰朽。趁枕藉烟萝，四环溟渤，双照鉴尘垢。　皋舂偶。荒服潘舆长候。林峦精舍初构。沉冥薖轴随消缺，且把心魂相守。吟袖瘦。叹小乘羊车，结习捐除久。霞天缀绣。剩静好双修，寝兴无恙，肯遣玉壶负。

1994年第2期

马祖熙

金缕曲·庚午重九前五日，喜晤吴熙学兄于瓷都汀州，别已四十六年矣

阔别如斯久。喜今朝、昌江东畔，欣然握手。已是黄花开满路，时节正邻重九。望苍霭、几重烟岫。江水悠悠珠峰晓，恍年时社集龙山候。秋澹荡，一回首。　兄名与我相同旧。恰从来、浑金良玉，温文醇厚。肝胆照人今白发，逸兴高情尽有。算文采、依然江右。时际承平堪欣忭，愿河清人并臻遐寿。倾玉液，进兄酒。

1994年第2期

庄　严

寄怀吴奔星教授

星奔泉涌继坡仙，短律长歌共入弦。
月映半窗花似梦，春深三月雨如烟。
壮怀阔比兼天浪，快墨浓催化雪笺。
闻道徐州移马帐，秣陵新赋舞雩篇。

1994年第2期

刘操南

中日甲午之战百年祭

甲午风云震碧空，水师豪气志屠龙。
茫茫强虏灰飞灭，历历惊涛炮火红，
御寇遑论船舰少，抗倭还看士心雄。
却怜热血冲牛斗，未捷炎黄第一功。

1994年第2期

谷声淙

南郑吊放翁选一

来觅放翁旧屐痕，临风酹酒奠英魂。
捷书已报诗人未？猎猎红旗耀国门。

1994年第2期

冯其庸

风雪中登嘉峪关城楼

天下雄关大漠东，西行万里尽沙龙。
祁连岳色连天白，居塞烽墩接地红。
满目山河增感慨，一身风雪识穷通。
登楼老去无穷意，长笑扬鞭夕照中。

1994年第2期

宋亦英

黄山百丈泉

百丈飞泉接碧天，银河倒泻路三千。
何当瀛海冲流去，磨洗兵戈解倒悬。

1994年第2期

张尔田

虞美人·寄答瞿禅先生之江

庾郎词赋供憔悴，犹有哀时泪。故人千里茂陵书，为报江南春好雁来无。　　京门一卧垂垂老，作计消愁抱。明年拟采五湖莼，相送扁舟载雨到西兴。

1994年第2期

黄药眠

暮春见银杏仍开花有感

百花零落静无哗，柳絮随风入几家？
三百年来银杏树，故枝仍旧发新花。

1994年第2期

丁　宁

台城路

蝶衣零落西风冷，年时梦痕何处？断漏敲心，愁怀织雨，一息依依微驻。浮沉暗溯，但万景疑烟，寸沤晞露。惘惘前尘，半身凉意散轻雾。　　无端游思幻想，闲中重唤起，愁满冰纨。咽恨成灰，销浅作粉，自向灯花盟取。乌丝漫抚，剩蝉翼霏霜，墨痕寒贮。似醒华鬘，戍楼闻角语。

1994年第2期

熊　鉴

咏　史

六国方亡秦即亡，刀枪难倚护阿房。
若容民获三餐饱，何用城修万里长。
博浪椎惊君不醒，沙丘棺盖寿无疆。
人间多少皇王梦，拾自骊山古墓旁。

1994年第2期

何　鲁

浣溪沙·北京亚洲及太平洋区域和平会议

槐子黄余桂子香，微风细雨近重阳。风城瀛海聚冠裳。
寰宇不传青鸟信，江干伫听凯歌扬。折冲樽俎胜疆场。

1994年第2期

马叙伦

百字令·虎丘偕尔和

车尘未洗，趁残阳，侧帽斜鞭而去。宝殿空王垂色相，为问英雄何处？说法人空，点头石在，俯仰成今古。谁来试剑？一池绿皱如故。　　曾记五度金阊，一肩行李，未把征鞍驻。今日趁闲携俊侣，海涌峰前停伫。风勒云归，树零新叶，隐隐疑烟雨。何人横笛？乱帆吹过前浦。

1995年第1期

符乃若

念奴娇·圆明园

温柔富贵，旧行宫，应许人间无敌。柳影荷香烟雨润，借尽江南春色。舞榭歌台，金阶玉砌，醉梦连朝夕。风流岁月，苍生谁问消息？　　一旦劫火西来，灰飞烟灭，流水寒鸦泣。不恨繁华成一梦，只恨春归难觅。游客寻踪，书生读史，莫忘伤心笔！满园芳草，春来犹自凝碧。

1995年第1期

溥心畬

梅弄影·日月潭

远波如镜，荡碎流霞影。满院风花不定。乱舞芭蕉，碧烟秋色冷。　　乌啼山晚，水落平沙净。列岫斜阳相映。缥缈潭云，长留圆峤顶。

1995年第1期

吕小薇

满庭芳

1993年岁首，应朱玉华女史嘱，为题胡献雅先生墨兰小幅。画作于江西诗词社友雅集时，余亦蒙赠画菊小品，词中并述之。

墨洒霜笺，根移幽壑，小窗不放春空。年年丛碧，舒袖舞清风。一任洛阳花贵，总羞他，抹紫涂红。珊珊处，山家本色，影动亦鱼龙。　　雍容。迥千古，湘江高咏，醴浦芳踪。早拨尽苍梧，雨暗云封。尚想横汾坡老，纷相半、契合篱东。知甚日，洪城再集，心麝画图中。

1995年第1期

吴丈蜀

访采石矶太白楼

祠濒牛渚一江开，百尺崇楼亦壮哉！
汀鹭寄闲随浪立，鞍山吐秀入青来。
季真慧眼能知士，子美深情独爱才。
万古凄凉矶上冢，长庚光照望乡台。

1995年第1期

陈天啸

古蔺偶成

边城尽在酒香中，欲醉何须问牧童。
但恐君家诗未就，今春负了杏花风。

1995年第1期

柳　倩

瞻闻一多馆

谁云死水不为波，红烛高烧百战多。
教授襟怀申壮举，诗人慷慨放悲歌。
覆巢未必无完卵，护国何能惧网罗。
榜样光辉虽永耀，仍教侪辈泪滂沱。

1995年第1期

叶至善

贺新凉·编辑

矻矻何为者？事雕虫、咬文嚼字，灯前窗下。烟蒂盈盘茶重沏，忽忽冬秋春夏。且不悔、为人作嫁。彩笔苦无回春力，敢丹黄信手胡描画？千古事，费评价。　　杞人堪笑忧天塌。又何须、占风卜雨，受惊担怕。红紫万千任撷取，切忌套空大假。再学习、延安讲话。伏枥识途都无据，意拳拳、尽力添砖瓦。翻旧调，寄骚雅。

1995年第1期

傅承烈

闲居杂咏

未许锱尘染素衣，兰皋步马澹忘归。
偷闲便以诗人老，顾影何曾面目非。
松菊犹存心眷恋，江关无赋梦依稀。
扶筇更拟寻芳去，雨沐郊原劲草肥。

1995年第1期

周虚白

藏用溽暑著述不休，并屡以新作见贻，谨此奉答

怀君自数失绸缪，三载平安字外求。
又起齐眉传妇病，何关善读只儿谋。
成编似甓围长夏，万灶无烟坐一楼。
出没都门大不易，人难缓步独清游。

1995年第1期

欧阳中石

游桐庐严子陵

未上矶头意未舒，仰观钓处度当初。
长竿那得长如许，只为空垂不为鱼。

1995年第1期

刘炳森

暑中忆向阳湖

京国飘离付浪潮，咸宁水阔楚天遥。
西凉波映甘棠阁，南浦烟横汀泗桥。
画里云层青叆叇，望中山影碧岧峣。
荒唐最是长江汛，百万资财湖里飘。

1995年第1期

任雨农（马来西亚）

沁园春

天予人生，钟其灵秀，意托宏图。看苍苍天地，崇山巨海；悠悠千古，正气良谟。饮水思源，储材毓秀，肝胆相扶共哺雏。思量处，虑无情风雨，袭我新畬。　苍茫大地崎岖，况荒草丛荆隐鼠狐。念百年文物，历经甘苦，千秋事业，又虑贤愚。极目云天，丹心慧眼，独任艰难志趣殊。门庭外，有松青竹荫，日暖霞舒。

1995年第1期

溥心畬

秋　兴

八方兵气压三台，古戍沉烟画角哀。
天堑关山连塞没，海门风雨挟潮来。
寒生碧水无归雁，秋满黄花罢举杯。
旧日亲朋凋落尽，暮年作赋苦低徊。

1995年第1期

萧涤非

对月口号

今霄头上月，一倍觉相亲。
不改春风面，来看隔世人。
物穷知有变，性在夺无因。
莫笑姮娥寡，幽光出苦辛。

1995年第1期

王启熙

迎春偶作：我年八十六

我年八十六，眼明笔未秃，近作长寿歌，粉墙补卷轴。老去始云游，曾留天上宿。万里只等闲，波音如飞镞。飞渡太平洋，降落金山麓。高上摩天楼，壮观马蹄瀑。火山有残灰，雪山无落木。驱车历七州，逍遥去来复。两度记西游，美加非天竺。下榻访陈蕃，分金钦鲍叔。海外逢故知，士别当括目。往事未或忘，从头谈沪渎。抗日苦流亡，八年逃杀戮。胜利庆升平，江山归整幅。未吹南郭竽，不击渐离筑。无限夕阳红，花团如锦簇。京华数十年，荔枝名书屋。莲社寄诗词，杏村止糟曲。今来八十稀，八五岂碌碌。世纪见更新，再将余年卜。

1995年第2期

穆　青

水调歌头

1993年5月重游黄山纪感。

黄岳相忆久，今日喜重逢。健步莲花峭壁，慷慨御长风。回首生平履迹，中原江南塞北，豪迈海西东。坎坷人间路，跋涉自从容。　　登临约，未曾忘，独情钟。飞瀑凌霄，一轮喷薄九州红。极目云涛瀚漫，畅我襟怀坦荡，劲节效苍松。浩歌丹霞岭，揽月玉屏峰。

1995年第2期

刘逸生

水调歌头·与斯翰夜话

我有一瓯血，磊落肺肝边。昆仑欲踏千丈，一呕向轩辕。闻道穷荒冻泽，中有凤呻鹤怨，百怪舞蜿蜒。拔剑苍茫出，迸泪忽如泉。　　抚白鬓，看终贾，正华年。云垂海涌，四顾漠漠一灯寒。奋步雷霆深处，挽起长沟堕月，白眼睨霜天。此亦细事耳，归去再耕田。

1995年第2期

缪海棱

偶　题

不羡鸿毛吹九霄，自甘淡泊乐陶陶。
此生未做青云梦，身外浮名似芥蒿。

1995年第2期

查济民

南国抒怀

自许豪情贯斗牛，鬓毛白尽志难酬。
黄河徒剩千年迹，扬子空留万古愁。
兴废岂忘家国虑，是非常惑众人求。
高歌踯躅东江畔，怅惘涟漪西去流。

1995年第2期

成应求

悼台湾刘宗烈教授，用刘老生前见赠原韵

梦得新声着竹枝，耆英洛下夙钟奇。
传经事业雕龙手，寿国文章海鹤姿。
鹏翼高骞瞻劲羽，鳌头清望属庞眉。
不堪驿寄催诗约，凄绝秋风作诔辞。

1995年第3期

沈从文

喜新晴（1970年）

朔风摧枯草，岁暮客心生。老骥伏枥久，千里思绝尘。本非弛驱具，难期装备新。只因骨格异，俗谓喜离群。真堪托生死，杜诗寄意深。间做腾骧梦，偶尔一嘶鸣。万马齐喑久，闻声转相惊！枫槭啾啾语，时久将乱群。天时忽晴朗，蓝穹卷白云。佳节逾重阳，高空气象清。不怀迟暮叹，还喜长庚明。亲旧远分离，天涯共此星！独轮车虽小，不倒永前征！

1995年第3期

田名瑜

闲　兴

青鸟避人去复还，可容买宅向沙湾？
偶然正往奇峰处，不听寺钟云自闲。

1995年第3期

田兴奎

和安如迷楼杯天韵

酣然一醉紫霞杯，似笑新亭对泣回。
割裂河山有余畔，料量花月费多才。
宝刀明镜妙能合，红砚绿琴遥费猜。
惟问五陵诸侠少：可曾同约袖椎来？

1995年第3期

郭风惠

题秦仲文画

乱柴大斧好山容，卧看苍茫爱北宗。
猛忆一杯村店酒，西风匹马过居庸！

1995年第3期

姚鹓雏

高阳台

西湖春雪，作似湛翁、瞿禅。

姚冶波奁，璁珑山髻，新妆初试冰绡。缬眼园林，模糊桧顶松梢。玉鳞已作狂尘散，甚狰龙，贝阙犹骄。任荒茫，海气楼台，顷刻琼瑶。　　当窗一白浑疑曙，笑姮娥寒噤，怯上墙腰。折断衾棉，依然梦影如潮。秾华装缓已成稿，怕东皇，呵手难描。漫商量，唤起花风，染柳熏桃。

1995年第3期

孙　毅

西江月·回冀中（1985年）

郁郁山坡果树，茫茫水库云烟。冀中搏斗忆当年，日寇闻风丧胆。　　鱼水交融一体，军民骨肉相连。风云变幻岂无边，我自安然笑看。

1995年第3期

贾若瑜

忆平度战役（1992年）

频年征战抚青霜，玉帐谈兵夜漏长。
平度关厢红旆动，沽河岸畔彩云翔。
挥师讨逆风雷激，决策除奸日月光。
还我河山飞将勇，金城破敌迓朝阳。

1995年第3期

关山月

和蔡若虹赠诗

议政年年学议风，亲朋故旧又重逢。
话长时短诗寄意，胸广情深茶一盅。
物质文明固基础，精神脑袋作先锋。
人人渴望太平乐，盛世繁花满地红。

1995年第3期

张中行

鹧鸪天

远树啼莺动客魂，渡头前月送桃根。垂襟紫帕谁能识？上有深房旧泪痕。　　亲婉丽，记温存，丁香小院共黄昏。等闲又是清明过，冷雨敲窗独掩门。

1995年第3期

李　真

忆火烧阳明堡敌机事

刺骨风寒入紫关，加鞭跃上五台山。
阳明一炬复仇火，不遣夷机片骸还。

1995年第4期

孔凡礼

诸城九仙山白鹤楼东坡书石

坡公寻胜寿峰头，白鹤闲云自去留。
乘兴挥毫书石壁，九仙联袂献觥酬。

1995年第4期

胡出类

沁园春·抗日战争胜利五十周年感赋

岂曰无衣？与子同仇，与子战友。听平型关上，旗方猎猎；台儿庄外，马正萧萧。华北连营，昆仑聚旅，血肉长城比日高。驱强虏，把百年血泪，付与寒涛。　　河山依旧妖娆，望万里新征路尚遥。要拿云追日，先消积重；回天驭地，正在今朝。打破坚冰，开通航线，九派奔腾涌巨潮。春风路，看鲲鹏展翅，直上扶摇。

1995年第4期

周振甫

悼周总理

股肱当世真无两，千载相寻岂有之。
一代华夷同洒泪，八方元首共衔悲。
鞠躬尽瘁救饥溺，忘我无私弭乱危。
秋菊春兰遗爱在，海枯不烂总难移。

1996年第1期

谈立人

菩萨蛮·贺兰山怀古

巍峨雄伟云天际，铁屏难抵强胡骑。明月照黄流，暴风千障休。　　踏过峰万仞，险隘千夫恨。何处觅天骄，沙飞原草凋。

1996年第1期

张文廉

闻一多

《红烛》成灰泪自多，欲从《死水》起洪波。
风云敌后争民主，碧血凝成正气歌。

1996年第1期

万云骏

踏莎行

丙寅之冬，华东师大中文系于金山宾馆召开全国词学讨论会，群贤毕至，少长咸集，余叨陪末座，喜赋小词一首，以表庆贺之微忱，并祝大会园满成功。

兰畹冬荣，金荃香妙，朝暾画出楼台好。金山此日集群贤，一堂欢聚中青老。　　新法商量，奇文研讨，辅仁会友宜称道。词坛百辈各争鸣，他年词史留珍稿。

1996年第1期

于右任

归里省斗口巷老屋

堂后枯槐更着花，堂前风静树阴斜。
三间老屋今犹昔，愧对流亡说毁家。

1996年第2期

梁寒操

自嘉峪飞新疆途中

苟利国家生死以，岂因祸福避趋之。
童年人恼文忠句，壮岁铭心武穆词。
男儿头岂闲中白，志士功从塞外奇。
悟得岁寒松柏意，我生今日正逢时。

注：首联借用林则徐句。

1996年第2期

莫兰熏

谒中山陵

路近钟山便肃然，遥瞻陵墓隔苍烟。
森森树色皆松柏，隐隐禽声是杜鹃。
读训五衷奔万马，仰容二目泻千泉。
依依临去重回首，暮霭沉沉绕紫巅。

1996年第2期

白敦仁

山中梨花盛开

山让梨云作态新，碧天苔色净无尘。
风枝乱眼难为雪，客思如花易感春。
幽榭曲栏原窘相，野桃溪杏欠丰神。
不须火速张油幕，风雨年年是此身。

1996年第2期

张　报

鹧鸪天·抗战胜利五十周年

胜利辉煌五十年，英雄血肉换新天。重温战史豪情炽，回忆敌凶恨火燃。　　须放眼，看当前，幽灵未散尚相缠。中华儿女手拉手，誓保金瓯万代全。

1996年第2期

雷洁琼

香港基本法制定成功有感

草委成员多俊贤，香江归属宪为先。
国行两制新原则，自治分权创史篇。
逐款逐条锤炼细，每章每句构思全。
协商共识真民主，稳定繁荣人胜天。

1996年第2期

鲁　平

卜算子·香港新机场谅解备忘录公布有感

雨扣榻前窗，风扰伊人觉。已是深更夜静时，何事争相报？　晨起万空晴，鹊雀声声早。但见青枝遍柳梢，方晓春之到。

1996年第2期

许崇德

好事近·《香草诗词续集》编后

鸿雁雨花来，锦绣玉笺如织。细读好词佳句，觉深情难觅。　　群贤各自在天涯，交融靠诗册。万世景迁之后，有一丝痕迹。

1996年第2期

廖瑶珠

喜闻香草堂成立在即

多年共事义情深，风雨频经见赤心。
时下山中香草发，涧前幽独再登临。
云来气接连天阔，巫峡神明柏木深。
不问人间兴废事，只论天下古和今。

1996年第2期

胡遐之

一九九六年元旦抒怀代贺年卡

寒风抖索过隆冬，喜见春临雪又融。
生肖推来谁爱鼠？达官直上只攀龙。
炉边闲话淡浓酒，诗苑高吟响哑钟。
我亦朦胧师李派，灵犀一点普罗通。

1996年第2期

李　铎

黄鹤楼重建登高喜赋

客子停舟欲上楼，登临回望楚江秋。
乡书日夜浮黄鹤，闲却霜天万里鸥。

1996年第3期

杨第甫

新加坡晚眺

车如流水静无哗，汉语温存恍到家。

深夜凭栏舒望眼，半城霓彩半城花。

1996年第3期

孙　钢

瀚　海

天山东欲入祁连，万里寒光雪满巅。

漫向龙堆寻故垒，于今瀚海亦桑田。

1996年第3期

张作斌

白头唱和

仗剑天涯五十年，童心依旧雪披巅。
几经尘世悲欢梦，历尽风云变幻天。
击浪何曾畏逆水，洁身自信有清泉。
存贤存佞全由己，展翅高翔览大千。

1996年第3期

王元西

边 情

弱冠从征青海西，天山跃马雪留蹄。
为栽塞上花千里，未敢回疆恋故畦。

1996年第3期

周祖谟

虞美人

梦中犹记城闉路，雪后花千树。暗香疏影近黄昏，独自徘徊徙倚坐青墩。　　钟山一别音尘杳，为问春来早，月华应照满山明，簇锦繁英何日见清平。

1996年第4期

马萧萧

读《野草》

观海登山抒逸兴，忧时疾恶念苍生。
芊绵野草青春梦，书剑丹心重晚晴。

1996年第4期

郭化若

菩萨蛮·忆渡江战役

素帆百万飞如箭，乘风顷刻敌前现。碧水静无波，疏星夜转多。　　弹飞如急雨，难阻雄师路。天险说长江，功成夜未央。

1996年第4期

萧　劳

重五吊灵均

怀沙赋成后，忠愤郁泉台。
泽畔一人醒，江声千古哀。
俗余荆地粽，劫认楚宫灰。
招得魂归否，空怜屈宋才。

1996年第4期

易君左

旅　怀

十年羁旅海东头，客意萧疏澹似秋。
若有情时先读赋，悄无人处一登楼。
吟蛩咽露风垂野，归雁横天月满洲。
梦里神州孤岫远，寒烟乱树垒重愁。

1996年第4期

王有福

庆春泽

灯市翻新，火城并旧，争奇斗艳游行。竞逐繁华，香车宝马纵横。风流点缀升平景，认依稀、故国欢情。听歌声，谱出霓裳，响彻蓬瀛。　　蟾光照透伶仃影，怅天涯冷落，世外飘停。万里归心，相思一缕冥冥。鱼沉雁落音书影，问嫦娥、何日休兵。望残更，云淡星河，泪眼盈盈。

1996年第4期

饶岱章

夏日山居杂感

霖雨经时霁色初，湿云抱日暑全袪。
连朝昼冥星仍现，入手秋成困岂纾。
哀雁弥天来百粤，国殇终古哭三闾。
神师虽谢安平在，一鼓衰疲勇有余。

1996年第4期

李老十

题《葫芦胡涂图》

盆倾污墨手忙涂，烂叶枯藤形欲无。
抄起一枝干秃笔，圈来两个大葫芦。

1996年第4期

张　锲

题赠寿州报并致故乡亲友

故乡处处足流连，梦里家园此日还。
我向亲朋频寄语，辛勤莫负好湖山。

1997年第1期

林　锴

读散宜生诗

乾坤容得几诗囚？九死穷荒一老牛。
骨性深饶河岳气，心声合作庶黎喉。
百年大梦回孤枕，一线真源导万流。
手拿轮囷肝胆血，朗吟题遍海天头。

1997年第2期

黄宏荃

冬日独步圆明园即事书怀

残叶满荒岑，寒鸦遗恨音。
野狐钻旧穴，边马践新涔。
舞榭无余处，歌台不可寻。
劫灰凭吊后，淡日下疏林。

1997年第2期

洪锡祺

夜读《邓小平文选》

入夜逢甘雨，峰峦洗更新。
平明花竞出，绣得满山春。

1997年第3期

赵玉林

谒中山陵

策杖步维艰，努力随人后。默默燕心香，一阶一仰首。十载两谒陵，能几余生有？细雨湿林梢，悲风吹客袖。宇宙知何穷，先生永不朽！

1997年第4期

徐　味

登小鱼山揽潮阁

漫道诗情上碧霄，闲吟多为破岑寥。
年来已是忘忧乐，自去凭栏看海潮。

1997年第4期

欧　初

塞纳河岸漫步

春江浅碧逐西流，风淡云轻起白鸥。
安得移家来小住，相将同泛木兰舟。

1997年第4期

钱明锵

荷兰小渔村

秀丽渔村见欲痴，新居鳞次斗奇姿。
群鸥夺食随人戏，艳妇闲游逐犬嬉。
花海香幽迷蛱蝶，汪洋浪静泛涟漪。
浓情似酒盈欧陆，一路风光一路诗。

1997年第4期

刘　峻

喜闻绀弩前辈冤狱平反，感赋

春日双影西湖路，胡老欣欣对我语：北国飞简昨朝来，十二年冤逢霖雨。从来血书字字丹，此心此志气如山。金箭在弦岂不发，易水白衣安思还。视民草芥则仇之，先儒此言百世师。宫中马鹿终失鹿，封松鞭石空尔为。天安门前花似海，金水桥上客相待。森森铁锁火中销，皤然白发生光彩。岭南故人齐望君，珠江小子想清芬。红豆盈盈红棉发，一樽汾酒祝北云。

1997年第4期

江辛眉

鹧鸪天

廿载惊尘扑面飞，杜鹃今始劝侬归。道旁杨柳先青眼，路上风光带夕辉。　　抛破帽，卸缁衣，且教儿女一轩眉。平生出处君休问，付与来人定是非。

1997年第4期

林　林

泰姬陵

难把哀愁付近江，姬陵伫望到昏黄。
连枝比翼情犹在，月映银须有泪光。

1997年第4期

邵燕祥

赠羊春秋教授

先生任教湘潭大学。四十年代后期在湖南某游击队，曾被国民党悬赏通缉。

豪情曾许少年头，一世长怀千岁忧。
敢有忠忱轻鼎镬，依然史笔重春秋。

1997年第4期

吕　剑

携手上高楼

携手上高楼，纵谈无已时。春风动窗幔，助我逸兴飞。故人解我意，斟酒盈玉卮。浩歌弥激烈，遣韵赋新诗。抚琴梁尘落，宿鸟惊高枝。喜今良辰至，新景欲何奇？中怀情浩荡，斯意竟谁知？闻鸡速起舞，皓首敢云迟？愿易夸父足，駸駸逐日驰。愿添垂天翼，高翥揽虹霓。

1997年第5期

唐玉虬

磨刀歌

阴山山头明月高，壮士夜起磨宝刀。鬼呼神邪助气力，风惨云死松罢涛。磨成一片霜雪利，试之能截飞鸿毛。世无荆卿谁为赠，侧足四望心为劳。弃置匣中终不用，夜夜还作蛟龙号。

1997年第5期

杨宪益

题丁聪为我漫画肖像

少小欠风流，而今糟老头。
学成半瓶醋，诗打一缸油。
恃欲言无忌，贪杯孰与俦？
蹉跎惭白发，辛苦作黄牛。

1997年第5期

赵家怡

鹧鸪天·偕内子由渝赴京中口占

相伴重来岁序新，渝州春去且寻春。驮经白马空陈迹，初涨黄河未隔津。　　车渐速，麦如茵，中原回首剩飞尘。邯郸午枕难成梦，儿女情牵敢笑人？

1997年第5期

鲍思陶

吊铁公祠感赋

血肉拼将筑此城，端能鼎石写铭旌。
千条拂地朝新主，一柱擎天拥旧京。
义气燕云岂扞格，剑光淮水尚纵横。
古心古貌古祠在，胜却麟台万古名。

1997年第5期

王蘧常

思　归

无端苦忆立斜晖，满眼青山花正飞。
南望白云多少泪，有风吹不上亲衣。

1997年第6期

张珍怀

百字令·白菊

重阳近也，望漫天风雨，秋怀岑寂。把酒东篱迎夕霁，月映冰肌姑射。净洗金黄，不沾绶紫，一例污颜色。素心相对，吟衿醉挹芳泽。　　辞树万叶千红，飘茵坠溷，零落谁能惜？岁晚寒梅开雪后，片片还愁吹笛。独傲霜华，枯香常抱，那肯飞瑶席？逸情遗世，春秾争会知得？

1997年第6期

周采泉

七　夕

又是金风玉露时，宵凉如水袷衣知。
孤怀耿耿难成寐，衰病休休力戒诗。
屈指三年悲永别，抬头七夕更相思。
二行清泪灌双耳，不为伊人更属谁？

1997年第6期

胡国瑞

玉楼春·上饶怀辛稼轩

南渡君臣轻社稷，良骥忍教长伏枥。尽收壮志入悲歌，电跃雷惊神鬼泣。　　我自生平钦健笔，甚喜今来寻往迹。式瞻茔墓尽低徊，奕奕英风犹可挹。

1997年第6期

刘凤梧

武汉铁桥落成，赋此致贺

洪流东下势汹汹，隔绝山原路不通。
忽尔空中驰骏马，俨然波上卧长虹。
由来江险称天堑，毕竟人谋胜化工。
我爱灵犀燃午夜，万千星火照鱼龙。

1997年第6期

钱锺书

对月同绛

分辉殊喜得窗宽，彻骨凝魂未可干。
隘巷如妨天远大，繁灯不顾月高寒。
借谁亭馆相携赏，胜我舟车独对看。
一叹夜阑宁秉烛，免因圆缺惹愁欢。

1998年第1期

缪　钺

风入松

去年今日共寻春，春去了无痕。萋萋又遍长亭路，问天涯，何处王孙？燕子不传芳讯，群鸦争噪斜曛。　　也曾因梦入青云，仙乐听难真。卷帘人报花开好，更谁知，雨暗烟昏。憔悴偏怜兰蕊，萧疏自掩重门。

1998年第2期

王斯琴

岁朝抒臆

前情成幻事成丝，欲理还难悔已迟。
勒马关山赢涕泪，骑鳌沧海愧须眉。
无猜未必人能解，有恨如何我自知。
塘外轻雷闻去夜，杏花消息待来时。

1998年第2期

萧　军

黄河颂歌

滚滚黄龙鳞甲开，千山万壑等闲来。
禹门浪激千重雪，紫塞风回万里埃。
忆昔哀鸿遮大野，今看黎庶赋春台。
因人百事殷勤数，祸福由来一剪裁。

1998年第2期

胡　绳

梦回故寓

细草侵阶路不斜，枝头红柿粲于花。
飞来辽鹤原无迹，烂尽樵柯尚有家。
四海翻腾惊岁月，一身俯仰乱蓬麻。
犹思挥笔追班马，不用频嗟发已华。

1998年第5期

王成纲

编罅漫吟

日日居家未有家，自炊自卧兴无赊。
闲来不啜消愁酒，梦去难逢解语花。
休怨潺湲千里远，空怀烂熳五云遐。
清灯夜夜照孤影，惯见晨窗映紫霞。

1998年第5期

杨纪珂

贺新凉·一九五九年三月贺祁连山人工降雨成功

白雪寒峰积。望祁连，冰川闪烁，铁山重叠。自古玉门关上路，难见春风踪迹。但碛石、愁堆戈壁。安得鲸喷泉万股，化黄沙、千里平芜碧。新地貌，看今日。　红旗挥送冲霄翼。散长空，干冰点点，冻云凝集。洒遍陇中阡陌土，叶叶枝枝露滴。喜牧草、轻滋慢浥。绿水漫萦关塞曲，倩东风、度入江南色。时雨降，歌随笛。

1998年第6期

乐时鸣

参观陕西省博物馆

关中陕北枕秦巴，传说炎黄此是家。
灿烂文明源有据，精微考古证无差。
秦时兵俑留真像，唐代金函发异葩。
荟萃珍稀供博览，好教举世识中华。

1998年第6期

雁　翼

渭水谣

碧水仍流，养肥了多少春秋！周秦汉唐今何在，化为笑谈佐酒。　　唯有榴花红似火，霸桥长柳绿悠悠。铁牛深翻盘古土，铁鹰破云游。

1999年第1期

周克玉

夏　读

蝉声阵阵不须烦，小扇轻摇觅自然。
频唤清风凉几许，行舟书海逐前贤。

1999年第2期

饶宗颐

菩萨蛮·题侧帽词

人间冰雪为谁热，新词恰似鹃啼血。血也不成书，眼枯泪欲无。　　风鬟连雨鬓，偏是来无准。吹梦到如今，有情海样深。

1999年第3期

钱昌照

金缕曲·寄海外友人

已是归来日。更无须、彷徨疑虑，羁留异国。归则受荣留受辱，荣辱不难自择。莫再把、光阴虚掷。慈母倚闾头欲雪，又何堪久作天涯客。悠悠念，君毋惑。　　空前治迹为君述。十年间、工农大众，丰衣足食。盛世人心知自觉，海内齐心一德。乡国事、安如磐石。及早归来春正好，看百花开遍江南北。歌此曲，壮行色。

1999年第5期

布　赫

访刚果黑角港

碧水齐天银波涌，巨轮入港依次停。

旗语示人货舱满，鸣笛一声万里征。

1999年第6期

夏承焘

浪淘沙·过七里泷

万象挂空明，秋欲三更。短蓬摇梦过江城。可惜层楼无铁笛，负我诗成。　　杯酒劝长庚，高咏谁听？当头河汉任纵横。一雁不飞钟未动，只有滩声。

2000年第2期

王俨思

过汨罗吊屈原

放逐君门远，身家岂足论。
有心昭日月，无力转乾坤。
掩涕伤民瘼，怀沙报国恩。
汨罗呜咽水，何处可招魂？

2000年第2期

臧克家

老黄牛

块块荒田水和泥，深耕细作走东西。
老牛亦解韶光贵，不待扬鞭自奋蹄。

2000年第3期

颜震潮

故乡杂咏

几家新屋自成村，遍地桑麻绿到门。
莫笑湖乡风味薄，而今留客足鸡豚。

2000年第3期

李汝伦

黑旋风李逵

袁世海一段流水西皮唱，黑旋风旋起风千丈，大吕律和鸣，半天空里黄钟撞。恼恨那及时雨换了心肝脏。占山为了王，竟自演荒唐。桃花庄上民女抢，“满堂娇”，娇满忠义堂。“替天行道”口里“七台呛”，人面兽心肠。杏黄旗从此不杏黄，忠义堂上忠义亡。手执着板斧，他把梁山上，要把个宋江砍成肉酱。真宋江，假宋江，叹人间，少的是真宋江。恨天下，多的是假宋江，我愿那板斧，永远铮铮亮！

2000年第4期

方　成

刘开渠肖像

人生七十古来稀，刘老今年八十七。
问渠那得寿如许？不与俗汉争高低。

2000年第4期

程光锐

沁园春·咏东汉青铜奔马

腾雾凌空，万里横驰，踏燕追风。是绿耳归来，飞扬欢跃；黄巾曾跨，陷阵冲锋？矫矫英姿，骁骁神采，巧手雕成意态雄。两千载，竟长埋幽壤，瑰宝尘蒙。　　春来故国重逢，问满眼风光是梦中？诧高楼遍地，渺无汉阙；长桥卧波，不是秦宫。一觉醒来，人间换了，日耀河山别样红。重抖擞，送风流人物，跃上葱茏！

2000年第5期

石理俊

长城对月歌

梦中久失山中月，相照相知证绿茵。登上雄关一招手，张开肺腑拥清纯。燕塞中秋别样氛，天如黑幕月如轮；象愈雄奇胸愈豁，群山隐约似腾奔。登高三上最高层，皎月迎人人迎月。疑逢桂子落缤纷，回首华灯光烨烨。惨绿华颠共月圆，诗情能不到毫端？史页更翻书新页，几番云月路八千！今宵朗月家家有，清影徘徊思挚友。殷勤倩月一传真，人不同圆操同守。人生对月何妨醉，月到杯中同知味。微醺一缕入诗肠，化作明时怀国泪。若将情眼睇情天，苦辣酸甜都有缘。欲醒苏公同悟月，阴晴圆缺总飞旋！

2000年第5期

徐　续

邓世昌墓重建于广州东郊

墓上戎衣尚凛然，大东沟水去溅溅。
沉埋金剑三千浪，萧索彤弓一百年。
史鉴深悲清甲午，神归长认粤山川。
明湖树有英雄气，岁岁春风壮节前。

2001年第2期

徐邦达

自画晨起闲步口占

通衢两侧缀青红，秋杪行吟顾盼中。
莫笑闲人作闲事，难为运甓似陶公。

2001年第4期

朱复戡

京沪道上有怀

弓月夜凉北国行，群山飞却客心怦。
风尘不断紫霞梦，魂魄长思碧海情。
万里骁腾堪自笑，十年潦落向谁倾。
会当奋发励心志，报慰相知一片情。

2001年第5期

汪石青

曲江潮

帝遣天吴移海水，钱塘直下一千里。双丸鼓荡生长潮，越山日夜浪花里。我来访古啸长风，银涛为我排山起。排山席卷轰雷霆，掀天拍岸喷流星。太空磅礴喜无绊，天地失色青冥冥。招来罔象负白羽，我欲乘风破浪去。不见衔刀旧阿童，回头听取公无渡。素车白马气何雄，西行海若喷霓虹。山飞海立涛之功，瑰异奇观吞吐中。噫吁嘻，潮来潮去谁为主，铁券河山夕照暮。属镂泥马几兴亡，涛头至今有余怒。君不见灵旗鼍鼓走蛟螭，千人褫魄潮来时。彩衣踏浪弄潮儿，问煞风波总不知。

2001年第5期

程良骏

一片心

五十年来一片心，任凭两鬓雪霜侵。
长江磊石巍巍立，三峡涛声叠叠吟。
实学诗中歌国宝，真才纸上数家珍。
书生笔底淘沙浪，滚滚黄河水似金。

2001年第6期

赵大民

秋　湖

雁去秋容淡，云亭碧落遥。
澄湖明似镜，好映树萧萧。

2002年第1期

郭影秋

生查子·水仙（1976年2月，时卧病天津）

春节开黄花，元夜抽黄叶。培育费冬春，倏尔遽消歇。
浩浩海河波，千里多曲折。但愿足农田，哪顾力枯竭。

2002年第1期

周世钊

中秋北上（1950年）

露重香浓桂正花，中秋闻命发长沙。
歌盈江市人难静，梦醒湖乡月欲斜。
三十年前亲矩范，数千里外向京华。
鲰生垂老逢嘉庆，喜见车书共一家。

2002年第2期

顾毓琇

寻南溪道士

拾级山行处，玄关不掩门。
攀登云岭上，踏破履鞋痕。
未采灵芝草，且寻活水源。
南溪寻道者，禅意对花言。

2002年第3期

廖辅叔

满江红·和夏瞿禅过柴市怀文文山作

日薄虞渊，问枯木、残阳能几？但痛惜、金瓯残缺，汉家旗靡。疾不可为仍下药，志如见夺毋宁死。尽从容、南向了平生，应无愧。　　流不尽，遗民泪；压不下，顽民气。听声声击碎，西台如意。大节要看降与战，岂论一姓兴和废。记髫年、先识五坡名，崖山字。

2002年第4期

钟敬文

怀郁达夫先生

我别西湖君去闽，清樽无复共论文。

今披遗集思前事，已历沧桑六十春。

2002年第4期

伏家芬

雨湖诗会十周年暨老社复名赋贺

修禊邀盟嘉道年，雨湖驰誉碧湖前。
谢公木屐争拈韵，吴氏山房纪敞筵。
壶碟自携觞政美，衣冠谁虑俗缘牵。
骚坛十载开新页，踵事增华胜昔贤。

注：据张九先生所撰《雨湖诗社史探》称：雨湖创自清嘉庆道光年间。吴淞《小山山房诗存》谓：雅集时各携一壶一碟，名蝴蝶会，并以谢公木屐拈韵为诗，可窥见前辈风流盛况。

2002年第5期

贾　漫

沁园春·旅美诗笺之纽约乡情

红叶经秋，白雪蒙冬，翠嫩春还。记绿荫初识，知如旧友；海鸥寻伴，总恋家园。艳艳星条，花花世界，见异虽同未思迁。天边事，正回肠百转，儿女情牵。　抬头波涌云翻，问何次航班到故山。更乡魂如梦，梦游不断，归心似箭，箭未离弦。纽约繁华，碧空真好，再好亦非故国天。遥思际，念神州处处，尽是长安。

2002年第5期

霍松林

鼓浪屿观郑成功练兵处

浩茫碧海接苍穹，百练精兵气似虹。
战舰长驱收宝岛，令人长忆郑成功。

2003年第1期

林默涵

题小照

一九七六年秋，在赣江边与牛合影。

炎凉历尽复何求，默坐烟郊对老牛。
风雪十年罹浩劫，江流九派洗沉忧。
岂无黄土埋忠骨？自有青山伴白头。
远望隔江垂暮色，夕阳红破一天秋。

2003年第2期

羊牧之

老　至

芳郊漫步力能支，明日晴阴未可知。
身世闲情摩诘画，江湖载酒牧之诗。
任他浊浪淘千古，何必春风皱一池。
且看茅檐雏雀健，已能飞上最高枝。

2003年第3期

谢无量

江油水竹居

群山赴郭一江明，双塔当阶万竹迎。
唯恐平生奇气尽，又来此地听滩声。

2003年第5期

老　舍

扎兰屯

诗情未尽在苏杭，幽绝札兰天一方。
深浅翠屏山四面，回环碧水柳千行。
牛羊点点悠然去，凤蝶双双自在忙。
处处泉林看不厌，绿城徐入绿村庄。

2003年第9期

陈士骅

都江堰歌

浅淘滩，低作堰，治水箴诠不容反。翻闻为雨覆为云，天府国里无涝旱。李冰父子济世功，甘棠长存百姓中。庙堂楼殿倚山起，香火绵绵宝像崇。雷母云师左右侍，百丈桥悬横彩虹。沱江滚滚连天涌，气象万千少比同。太守成神两千年，继起大匠亦姓李。关中八惠一一兴，力挽狂澜降黄水。前者远蜀后近秦，蜀李秦李堪媲美。盛世器使自随才，李氏于我何有哉。昔见渭渠试通水，临流微笑立老农。能博此笑敌万钟，何须香花日夜供。

2003年第9期

秦效侃

重访广安县立中学高中部旧址

颓垣断壁梦依稀，年少激扬风气时。
白日放歌芳草地，青梅煮酒曲江湄。
人间何世忧家国，笔底翻澜刺鬼魑。
重到须惊千劫转，茫茫星斗总参差。

2003年第9期

荒　芜

读《西方美学史》呈朱光潜先生

曾在红楼听说诗，楚骚商籁见真知。
锦江水碧长卿赋，夏口云生崔颢词。
述美谁堪称国手？译书公合是名师。
穷经共道须眉白，赢得都城尽口碑。

2003年第11期

邓　拓

过紫荆关

天地原无险，庸夫自作关。
紫荆十里峻，拒马半山环。
千载长城记，三军白骨斓。
如今商旅道，来去幸轻闲！

2003年第12期

吴世昌

清平乐

新词写罢，百感沉沉下。短烛频摇油自泻，冷月劲风今夜。　　少年谙尽风尘，消磨黄卷青春。不见班超投笔，拜伦悔作诗人？

2004年第1期

陈寅恪

纯阳观梅花

我来只及见残梅，叹息今年特早开。
花事已随浮世改，苔根犹是旧时栽。
名山讲席无儒士，胜地仙家有劫灰。
游览总嫌天宇窄，更揩病眼上高台。

2004年第2期

李　锐

三峡工地之行（2002年5月）

横空出世史超前，高峡平湖现眼边。
但愿无忧更无恙，巫山神女总开颜。

2004年第2期

吴君琇

金陵秋感

飒飒西风增客愁，都门一夕入深秋。
飞腾铁马云成阵，照耀烽烟燕去楼。
易水燕山今日恨，玉关青冢昔年游。
何当痛饮黄龙塞，宝剑光芒未肯收。

2004年第3期

田　汉

蝶双飞（1958年）

为话剧《关汉卿》插曲。

将碧血，写忠烈。化厉鬼，除逆贼。这血儿啊，化作黄河扬子浪千叠，长与英雄共魂魄！呀，长似写佳人绣户描花叶，学士锦袍趋殿阙，浪子朱窗弄风月，虽留得绮词丽语满江湖，怎及得傲干奇枝斗霜雪？念我汉卿啊，读诗书，破万册，写杂剧，过半百。这些年风云改变山河色，唉，珠帘卷处人愁绝。只为了一曲《窦娥冤》，俺与她双沥苌弘血。差胜那孤月自圆缺，孤灯自明灭；坐时节共对半窗云，行时节相应一身铁；各有这气比长虹壮，哪有那泪似寒波咽！提什么黄泉无店宿忠魂，争说道青山有幸埋芳洁。俺与你发不同青心同热，生不同床死同穴；待来年遍地杜鹃花，看风前汉卿四姐双飞蝶。永相好，不言别！

2004年第5期

张梦机（中国台湾）

遐 想

独倚吟窗遐想频，一秋山翠与云亲。
新收蕉叶堪遮雨，旧拾榆钱好购春。
梦去峨嵋望蜀月，茶来普洱带滇尘。
兴高偶欲闲呼轸，看浪听鸥到海滨。

2004年第5期

蔡若虹

鹧鸪天·赠江苏美术馆

三十年前忆旧游，石头城里拜同俦。眼前笔墨多才子，梦里江山满画楼。　　增岁月，换春秋，年年艺圃有丰收。造型各具新风格，已是神州第一流。

2004年第10期

萧印唐

西江月·寄怀千帆金陵，用稼轩韵

湖海平生意气，霜林抱影秋蝉。煮茗止酒度衰年，过眼刊头版片。　　苔砌桐荫檐下，朝晖夕照窗前。苍颜皓首困愁边，东望故人不见。

2005年第1期

吴奔星

临江仙·晚景

莽莽长空垂夕照，东西南北谁边？绿杨袅袅出炊烟。有家皆掩户，无客不愁天。　　月白风清何处去？青山响彻啼鹃。流云偏自掩流泉，两行难尽泪，一只未归鸾。

2005年第2期

黄稚荃

秦始皇陵下作

昔读始皇纪，邈邈世何远。今来始皇陵，青青近在眼。骊山何崷崒，渭水清已浅。祖龙按剑顾，四海皆风偃。刑戮满道途，诗书付烈焰。一旦鲍车出，诸子血相溅。咸阳三月火，龙蜕亦难免。至今兵马坑，余烬犹可见。愚民亦未愚，独夫构群怨。汉高惩秦弊，三章众称便。汉文惩秦弊，美哉仁与俭。载舟与覆舟，其言诚可验。今我来秦中，宇内正清晏。四塞旧关河，陵谷亦未变。思古意茫茫，秋阳下芳甸。

2005年第3期

张玉伟

镜泊湖归来寄师友

结伴轻车向远岑，名湖一见照吟襟。
山衔晓月余残碧，燕剪朝霞作碎金。
久自瑶编钦雅士，更从清范见冰心。
世风莫道今非古，自有高情继竹林。

2005年第3期

苏仲湘

鹧鸪天

淡柳秾花又蝶初，潇湘依旧绿平芜。何时眼底来双燕，容易春风袭短裾。　　同盛世，惜离居，江南银月几回腴？荼蘼记得玲珑约，还教繁枝过小庐。

2005年第4期

程　潜

代东门行

智士图隆康，勇士争盛强。偕行赴战场，意气何激昂。激昂先杀敌，摧锋各努力。存亡系须臾，敌我不并立。杳杳日复日，遥遥月重月。内舍枕流痕，征人幕堆雪。风霜四面紧，慷慨五情热。驱狼恶其贪，驱虏恶其残。诛贪耻落后，除残竞争先。凯歌期旦暮，相戒莫偷安。

2005年第4期

周思永

别长沙

惯经心与意相违，重到家园事事非。
镜里皱纹添似走，别来儿辈长如飞。
疑清还浊湘江水，染血沾尘浪子衣。
此去莫教回首望，长街车马故人稀。

2005年第4期

刘君惠

水龙吟

为谁轻别江南，沉沉前事堪回首。湖山无恙，几番同梦，金城衰柳。蜀客船回，吴霜鬓点，酒醒时候。换沧波身世，余霞正绮，忍闲却、传杯手。　　犹记梅园晴昊，乱繁花、暗香千亩。辛盘荐了，北楼怅望，天寒翠袖。一霎沧桑，胸中云梦，春池吹皱。算多情唯有，当时月色，照人依旧。

2005年第5期

王　澍

岁暮偶成

效命骚坛十七年，眼枯心梗脉迟延。
位卑岂便忘忧国，身退何尝敢息肩。
对弈纹枰输亦乐，雕虫陋室老弥坚。
一声啼破高天幕，起舞闻鸡绍昔贤。

2005年第5期

赵　熙

三姝媚·下平羌峡

凉烟秋满灞。出平羌，山光水光如画。近绿遥青，衬小滩蓑笠，夕阳桑柘。雁路高寒，闲动了江湖情话。半世天涯，无福移家，海棠香社。　　前渡嘉州来也。指竹里龙泓，酒乡鸥榭。一段天西，想万苍千翠，定通邛雅。断塔林梢，诗思在，乌尤山下。淡淡青衣渔火，寒钟正打。

2005年第6期

公　木

拾呓录三首选一

年来病肾，厌饮食，怯行步，废读写。静夜思，白日梦，每以回忆自疗。卧游天地广，说不准跑哪里去了也。得拗律三章。

少年意气学屠龙，宝剑虚悬长夜鸣。
道有精粗傻乃大，诗无新旧放而雄。
移山筐土愚公慕，卧曝摸虱颠济慵。
春得百花秋得月，干雷酸雨走飞虹。

2005年第6期

刘传茀

朝中措

神疲意倦思昏昏，天壤此闲身。自索枯肠无句，输他贝锦成文。　　欲眠还起，高楼人远，穷巷灯深。一夜萧萧秋雨，门庭遍布苔纹。

2005年第7期

刘克生

访贾岛墓

落落乾坤几故交，苦吟两字费推敲。
芳流史册分韩愈，瘦拟诗风敌孟郊。
阅世修篁青扫径，经春茂草绿围坳。
从来燕子怜孤冢，不啄香泥补旧巢。

2005年第7期

林从龙

临江仙·夜登重庆鹅岭公园

暮蔼初收新月上，风传弦管声声。登临送目最怡情？江流千里碧，烟树万家灯。　　四十年前风雨急，英雄血溅山城。红岩火焰照前程。开来当继往，战鼓正催征。

2005年第8期

王　震

山　村

太乙山林内，参差古瓦房。
黑牛吃绿草，褐犬嗅花香。
雨过蛙欢叫，风来叟纳凉。
顽童闲钓水，哪管世沧桑。

2005年第8期

黄万里

改修三门峡坝规划拟罢（1964年秋）

策治河工谋算罢，顿时涕泪满衣襟。
却看小女娇憨态，哪识乃翁欣喜心。
两月伏书寻思苦，卅年载籍见功深。
秦川锦绣应无虑，有计拿鳌拯陆沉。

2005年第9期

李野光

浪淘沙·北戴河海滨

雨后立滩头，半日凝眸。云天雪浪两悠悠。海外蓬莱君不见，可得风流？　　老矣好神游，非是悲秋。童孙拾贝我寻鸥。一路升沉东去也，心上渔舟。

2005年第10期

陶世杰

中秋率赋

夫妻梨饼香花夜，儿女东西南北天。
共看秋云绵叆叇，只容明月得团圆。
青门瓜熟疏萧相，白社藜过即地仙。
随笔赋诗随手弃，碑因没字反争传。

2005年第11期

蔡厚示

临江仙·寄旅台厦门大学校友

芳草年年绿满，鹭江日日潮回。闽台千里净烟霏。波连东海阔，月惹故人思。　　忆昔同林莺燕，长教两岸分飞。嘤其鸣矣此其时。升旗山在望，莫负好风吹。

2006年第1期

乔大壮

述怀诗

朝日东南山，来照栖栖客。客行无定踪，崦嵫忽已夕。去鸟投深林，浮云生大泽。汎汎荠塍青，遥遥鲁山碧。言念我亲故，俄顷成乖隔。去去日以远，相思犹咫尺。

2006年第1期

刘雪樵

高阳台·乙酉初雪

纨扇分辉，琼枝散玉，飘摇唤出天门。六翼玲珑，仙娥剪水情真。凄凉朔漠琵琶语，怨别来，孤负东君。黯销魂，一抹残阳，一地啼痕。　　当年咏絮惊鸿处，又疏窗照卷，洛水凝神。叵耐蓝关，依然卧马横云。何时更与团茶苦，待素衣，慢煮氤氲。渐黄昏，深掩梨花，细捋前尘。

2006年第3期

孙轶青

咏阳江荔枝基地

红荔层层压翠枝，云山树海富民基。
果实甜美人同享，不复杨妃啖荔时。

2006年第3期

周毓峰

临江仙·黄河母亲像前

霜染朱颜微晕，烟凝绿鬓低垂。天涯处处念春晖。心难千里隔，身愧百年迟。　　落尽珠珠点点，牵来缕缕丝丝，怜儿漂泊怨儿离。风惊抬望眼，只盼彩云归。

2006年第4期

翟致国

听　鸡

荧屏广告一声鸡，勾惹童心怀旧蹊。
嘹呖驱邪除夜幕，殷勤报晓唤春犁。
空山云隔荒村远，野栈霜笼冷月低。
今被引擎鸣笛盖，清音祈向梦中啼。

2006年第4期

段惠民

卖花姑娘

莺歌鸟啭入宫商，花店归来衣带香。
通话为防娘听见，发条短信约情郎。

2006年第4期

傅春龄

看漫画《老鼠有了钱》而兴

鼠辈时来发了财，昂头摆尾笑颜开。
猫儿蹀躞追随紧，不见威风只见乖。

2006年第4期

梁宗岱

春来——为羊城音乐花会作

春来南国更销魂，人事风光日日新。
昂首红棉方吐焰，望中新绿已凌云。
千门万户开颜笑，箫鼓弦歌到处闻。
快活不知年月过，人人笑我老红巾。

2006年第5期

屠　岸

痛悼诗友唐湜

一声霹雳电传来，瓯水凝流雁荡呆。
廿载沉冤惟一笑，平生豪富是诗才！
困穷宁弃千钧笔，锦绣堆成百尺台。
毅魄已随云鹤去，梦中犹见几徘徊。

2006年第10期

朱　帆

鹧鸪天·游周郎赤壁

赤壁鏖兵事渺茫，难凭野史赋兴亡。眼前一片春江水，谁信当年是战场。　　山石赭，岸花香，人间底事惜周郎。可怜呕尽英雄血，不为苍生为帝王。

2006年第10期

邵天任

率团出席联合国外空委员会议机舱中作

去国折冲御太空，披襟抛卷且从容。
仰观宇宙浮云外，俯瞰瀛寰大气中。
八表黔黎挣枷锁，两洲霸主斗鸡虫。
鸡虫得失无时了，浩荡江河吾道东。

2006年第11期

胡乔木

小重山·赠海岛战士

万顷狂涛拍岸腾。良宵谁伴我？满天星。海风撼树欲相惊。劳梦想，铁汉岂虚名？　　入伍记丁宁：田圆铺锦绣，仗干城。江山望断睡无声。千百岛，炯炯有双睛。

2006年第11期

陆维钊

唐多令

莫道不关情，经年掩旧屏。任芭蕉，护住窗棂。略放来风空穴过，算添了，雨声听。　　听雨夜三更，灯残梦未成。越相思，越怕无凭。便化春江都是泪，只方便，乱飘萍。

2006年第12期

刘　汉

无　题

有客来谈军衔级别者，以此作答。

从来时势造英雄，灿烂星徽纪战功。
未灭匈奴应有恨，当无李广叹难封。
万千气象春来早，寸尺山河血染红。
生死都能置度外，斤斤何必计穷通。

2007年第3期

胡云翼

登吴山远眺

目极东南不可招，十年离乱喜还朝。
且将初八作重九，先上吴山望海潮。

2007年第3期

袁第锐

迁一只船新居示内子金声

萍踪初聚小沟头，四十年华难未休。
千里莫逃陈蔡厄，一家都为稻粱谋。
阳关三出空余辱，蜀道频归不泯愁。
鬓发欲星人渐老，相携同上五层楼。

2007年第4期

刘　章

山　行

秋日寻诗去，山深石径斜。
独行无向导，一路问黄花。

2007年第5期

蒋庭曜

还　家

梦想还家亦可怜，还家毕竟是何年。
老亲屡问还家日，总道还家在眼前。

2007年第5期

南怀瑾

过蛮溪

乱山重叠静无氛，前是茶花后是云。
的的马蹄溪上过，一鞭红雨落缤纷。

2007年第5期

叶玉超

金泽古城

裂土分疆据一方，城池坚固护藩王。
而今只合供凭吊，曾是当年古战场。

2007年第5期

李旦初

雨中游颐和园

绘凤雕龙太后居，垂帘殿锁万言书。
维新梦里昙花落，忍看铜狮滴泪珠。

2007年第6期

郭沫若

怀念周总理

革命前躯辅弼才，巨星隐翳五洲哀。
奔腾泪浪滔滔涌，吊唁人涛滚滚来。
盛德在民长不殁，丰功垂世久弥恢。
忠诚与日月辉耀，天不能死地难埋。

2008年第3期

赵朴初

雁儿落带过得胜令·击落U-2飞机、全歼美蒋武装特务志喜（1963年）

鸿冥冥人不知；乌黝黝鬼不觉；风飕飕梦里惊；雷轰轰云外落。才隔了一年多，加赌注又如何？一串串肥螃蟹，尽乖乖入网罗。怎么？这便是“明智”人卖的和平药？呵呵！伸头来打烂你的头，伸脚来砍断你的脚！

2008年第4期

周梦庄

八声甘州

垂辰重阳，应诸子约入城社集。

任西风吹送白衣人，新鸿下芳洲。把词仙唤醒，相逢话旧，逸兴难收。净洗菊萸香色，吟思且登楼。只恐斜阳影，不照东流。　　醉里乾坤澒洞，想杜陵老眼，阅遍春秋。尽长歌惨淡，意气逐吴钩。剩多少、悲凉怀抱，赖碧云、红叶识闲愁。清钟动、念微波远，怕问盟鸥。

2008年第4期

黄苗子

南乡子·题正宇画萧长华《闹松林》剧

心术一时歪，赌败张三待发财。黑夜松林人打扛，乖乖！花白银钱送上来。　　偏遇女裙衩，手软心慌脸发呆。懊恼不该丢杠子，哀哉！剥了衣裳脱了灾。

2008年第4期

周峙峰

郊野寻故

久居廛市忆桑麻，十里清溪至友家。
小俟门开闻犬吠，抬头一树紫桐花。

2008年第7期

胡　适

临江仙

隔树溪声细碎，迎人鸟唱纷哗。共穿幽径趁溪斜。我和君拾葚，君替我簪花。　　更向水滨同坐，骄阳有树相遮。语深浑不管昏鸦。此时君与我，何处更容他？

2008年第10期

秦中吟

回乡风情

锁断城门开向南，阳光拓展四街宽。
油香溶进花香里，白帽翻飞作雪莲。

2009年第2期

翦伯赞

访呼和浩特游塔布土拉罕汉故城遗址（1961年）

断瓦颓垣古戍残，城头画角忆当年。
边亭驰檄朝传警，铁马衔枚夜出关。
挽粟输刍填瀚海，堑山堙谷接祁连。
汉家飞将终尘土，废垒萧萧蔓草间。

2009年第2期

徐家昌

浣溪沙·读《醉翁亭记》

潇洒东南一醉翁，醉翁权当老人松。翼然亭外不龙钟。
百态各随心境美，山歌同赞好山峰。笔花摇曳步情踪。

2009年第3期

唐稚松

题陈寅老《柳如是别传》后

风雨南朝遍野哀，一枝奇艳出尘埃。
通儒况复能兼侠，绝色尤难更负才。
红玉豪情终幻梦，绿华仙迹付蒿莱。
谁怜十载衰翁意，专为沉冤扫劫灰。

2009年第5期

吴小如

寄傅积宽兄金陵

春归借问归何处，冻雨凄风草不芳。
白屋难容新社燕，青山未改旧斜阳。
凤池弦管人空瘦，鸡塞云霾夜正长。
惟向江南寄珍重，梦回休忆少年场。

2009年第6期

宗远崖

暮 归

趁及牛羊欲下时，寒山萧索独归迟。
长空云敛留残照，乔木阴疏见直枝。
北警频传鸦共噪，南风不竞雁先知。
门前一片盘桓地，早晚沧桑可自期。

2009年第9期

陈 凡

潘天寿先生寄赠听天阁诗赋此答谢

羡公有阁堪听天，乞此一编恣坐眠。琅琅吟声才在口，心目顿豁神为骞。早知丹青气奇秀，今以诗较难后先。崛如铁巘撑太空，激如深谷鸣悬淙。变如层岩涌奇霭，郁如千岁黄山松。壮岁读书厌柔靡，公丈夫也无媚容。掩卷梦魂驾遐想，西湖之水清见桨。柳烟树云雨洗新，秋水秋山影相漾。西溪芦白汀蓼红，桂花风接藕花风。恨不布衣随一杖，南高峰复北高峰。

2009年第10期

曾　卓

某公近况

门外萋萋草渐齐，一闻车过意清凄。

荧屏不上昔时影，无奈街边看下棋。

2009年第12期

刘萧无

题石蟾葡萄百穗图

昆仑藏美玉，瑶池住王母。咳唾落九天，真珠生碛圃。雨露不施泽，阳乌常如煮。栖身火焰山，借得交河乳。丽质甘如饴，流苏漾楚楚。十里筑长街，蜂蝶逐廊庑。垂涎来远客，眉飞且色舞。才试醉颜酡，问字翻新谱。昔有有心人，携树中原土。胡为输此乡，渡淮橘亦苦。堪羡石蟾图，日与葡萄伍。今朝餍朵颐，明夕果腹脯。会看笔如风，斯须又百尘。

2010年第1期

陈一凡

秦淮买酒

长街踽踽旧行踪，四壁旗亭两胁风。
放眼每嫌天地窄，高歌真觉鬼神同。
何来冷雨沾衣白，难得衰颜借酒红。
醉倚危栏成独笑，漫天榆荚下匆匆。

2010年第2期

欧阳克巍

吊沈从文先生

黄钟毁弃瓦铛鸣，叔世交情见死生。
寂寞燕台风雨夜，有人含泪读《边城》。

2010年第3期

周退密

金缕曲·奉题若水词长大著《延目词稿》

仰望邯郸道。莽车尘，纵横辙迹，念君人老。曾是龙门诗弟子，无限才华映照。薪火继紫薇文藻。画苑词坛推作手，诉衷情、眉黛轻轻扫。莲劫尽，两翁媪。　从来读史添烦恼，几凭栏、幽情吊古，乱愁频搅。绿屋萝房萦客梦，触绪孤吟独啸。怎管得、伧夫讪笑？风里狂花浑不定，听啼乌，重理荃兰稿。春永在，玖园晓。

2010年第4期

马　曜

病榻口占，子敬代书

海山一卧惊秋去，映眼溪光沐四围。
斜日新投红叶瘦，繁霜初点菊心肥。
梦余口角衔悲在，肠断乡音系鸟飞。
小案云回消逝影，垂杨雨雪足沾衣。

2010年第5期

吴鹭山

浣溪沙·湖上（1953年）

芳草裙腰恋夕晖，小红点注几桃枝。箫声只在断桥西。
吹鬓任教风不定，扶筇却有月相随。银潢影里过苏堤。

2010年第6期

陈虔安

游陆公祠十首选一

酒罢残杯在，还家竹径通。
芦花云子白，枫树雪儿红。
事业闲身外，河山醉眼中。
满头皆插菊，归去一帆风。

注：陆公祠是为纪念唐代贤相陆贽而建的祠堂，位于重庆市忠县长江南岸翠屏山麓。

2010年第7期

徐映璞

癸巳重午书呈湖山九老并转黄幸斋

无薪无米过端阳，传食僧寮味转长。
杀鬼究嫌蒲剑钝，辟邪空有艾旗香。
未能绣虎添金线，也学雕龙付锦囊。
夏日自知闲处永，逢人但说着书忙。

2010年第9期

杨析综

麦　收

五月川西遍坝黄，抢收抢插一村忙。
仰天挥汗成油雨，匝地飞镰趁月光。
渠引李冰鱼嘴水，畦生望帝鸭头秧。
农家喜作尝新客，今者方知菽麦香。

2010年第11期

王世襄

题蔡氏寒舍紫檀家具图录

虚斋宝绘充屋梁，寒舍珍玩盈轩堂。从来君子尚谦挹，自言薄陋恒富康。题名紫檀修谱录，书衣雅丽纸墨良。开卷何所见，满目皆琳琅。七尺天然几，三屏罗汉床。梅花过墙盒，虬螭陷地箱。运斤契法度，下凿穷豪芒。肃然怀哲匠，厥功讵可忘。不是南疆选嘉木，何来熠熠紫色光。我辞芜俚不足道，愿君视同头目脑髓常珍藏。

2010年第12期

吕公眉

雪后小记

乱抛秕谷满街墀，净扫衢门雪霁时。
我欲人禽同一饱，坐看饥雀下寒枝。

2011年第1期

胡惠溥

登杜甫石

昔闻工部滩，今登杜甫石。俯瞰扬子江，渺渺殊无极。急浪转奔雷，惊涛吼河伯。忽焉心震恐，欲下不可得。始知高愈危，持此赠来哲。

2011年第2期

李维嘉

登邛崃天台山

结伴天台去，盘旋入翠微。
林深巨木古，谷静淡云归。
俗虑随风散，高怀共水怡。
虽然五岳外，未觉此山低。

2011年第2期

陈匪石

水龙吟·蛇莓山观瀑，和梦窗

望中草密花秾，海天别有宜春苑。浓阴如幕，炎曦不到，云连峰断。百折雕盘，九霄鹤唳，碎英千片。问何人手抉，银河直泻，寒光动，龙蛇变。　　衫袖蒙蒙雨溅。咽危崖、奔车雷转。空明一镜，蛮熏未冷，瘴尘初浣。沟水东西，梦中秋老，坠红流怨。乍瓜棚小坐，茶烟静袅，意翛然远。

2011年第3期

钟树梁

教师节诗人节三首选一

今岁教师节，怡然又喜临。
桂香初馥郁，众议益纷纭。
要继中华史，须坚百世心。
为民无二义，师德必高吟。

2011年第4期

王子钝

库尔勒道中

塞上江南地，家家起圃林。
屋红花染色，门绿柳垂阴。
摩诘难为画，少陵终未吟。
徘徊欣有托，处处响珍禽。

2011年第5期

罗　密

浣溪沙·题《烟柳集》

江老《烟柳集》哀艳感人，读后为下一掬同情之泪。

一片真情比海深，牵愁惹恨到于今。人生难得是知音。
写入集中凝别泪，相逢梦里结同心。醒来无处可追寻。

2011年第7期

杨汝岱

傍晚登白帝城

白帝城头薄暮临，梅溪流水碧粼粼。

万缕炊烟迷远岫，漫山红叶恋游人。

2011年第8期

何香凝

感 赋

萧萧叶落雁南飞，万里飘零故国归。

八载中原前后事，教人回忆泪沾衣。

2011年第10期

马君武

寄南社同仁

唐宋元明都不管，自成模范铸诗才。
须从旧锦翻新样，勿以今魂托古胎。
辛苦挥戈挽落日，殷勤蓄电造惊雷。
远闻南社多才俊，满饮葡萄祝酒杯。

2011年第10期

张　结

过北极圈

化尽残冰尚感寒，桦林片片接遥天。
为寻驯鹿迷芳草，不觉身过北极圈。

2011年第12期

黄孝纾

南乡子

落叶下如潮。风雨连宵意已销。何况重阳时节近，凭高。恨水蘸山见六朝。　　哀雁答长谣。欢计因循负酒瓢。心事瞢腾残照外，萧萧。留得寒蝉是柳条。

2012年第1期

欧阳鹤

南乡子·黄叶村曹雪芹故居

掩泪唱红楼，一片痴心记石头。多少风流多少恨？休休！绝代豪华梦里留。　　遗韵尚悠悠，庐舍依然黄叶秋。檀篆香笼人已杳，神留！烛影摇红月上钩。

2012年第2期

杨赓笙

香山洞晚眺

不尽茫茫感，凭栏玩落晖。
晚蝉催月上，宿鸟傍檐飞。
山暝树逾小，塘潴水欲肥。
忽闻声剥啄，门外一僧归。

2012年第2期

周一萍

减字木兰花·贺我国试验通信卫星发射成功

金风万丈，拔地冲天银汉壮。意态从容，愿向人间播彩虹。　　星球同步，天际遨游惊玉兔。俯瞰神州，万象生辉春意稠。

2012年第4期

顾　随

木兰花慢·有卜者午夜吹笛怆然有触予怀

是何人弄笛，惊旅客，使魂销。想身外茫茫，行来踽踽，深巷迢迢。尘嚣。渐随夜杳，但霏霏露湿敝缊袍。空际几声颤响，悲凉更甚饧箫。　　难消。清泪如潮。空令我，酒频浇。有谁将命运，双肩担起，一手全操。徒劳。暗中摸索，奈千家闭户卧凉宵。试问一声笛子，甚时吹到明朝？

2012年第6期

赵京战

新　兵

腰带挎包一色新，军装现领未合身。
见了哨兵先敬礼，从今我也是军人。

2012年第8期

陈曾寿

虞美人

倾城仕女长堤道，各有情怀好。梦中池馆画中人，为问连朝罢酒是何因。　　东风红了西湖水，浓蘸燕支泪。输他渔子不知愁，偏向落红深处系轻舟。

2012年第12期

马一浮

听　鹂

久客年年白发生，因人问俗鸟占晴。
轻云挟雨知山态，虚阁来风识水声。
诗味都从兵后减，乡心常伴月边明。
林花夜落催春涨，隔树黄鹂聒旦鸣。

2013年第2期

秦兆阳

雾　景

雾里嫦娥云里山，奇峰隐约九重天。
始信文章有妙诀，但在虚实有无间。

2013年第3期

邹人煜

秋　声

梧桐秋至先添色，人到老时志渐磨。
唯有良知难泯灭，桃花虽艳不为歌。

2013年第6期

赵西林

浣溪沙·游小车河湿地公园

寻觅桃溪亦访山，悠长栈道十八弯。廊桥遗梦有谁传？野润心清云绕树，波明目亮日浮滩。尘埃涤尽不思还。

2013年第10期

潘伯鹰

书　狂

学书孟浪秋复春，廿年但恨无古人。笔稍近古转自恨，此中无我安足云。画沙折股法未绝，我虽异古宁当分。何时今古付双遣，且今且古成一军。悲愉驰骤纷玄云，蕺山入梦浮鹅群。可怜心力蝇钻纸，却爱千秋纸上尘。

2014年第2期

袁宝华

比干庙

千年陈迹说牧野，漫天细雨吊比干。
伤心墓前三叶草，犹耀孤忠一寸丹。

2014年第3期

于仁伯

高阳台·紫燕

紫燕衔泥，匆匆来去，晨星抖落天涯。小院精灵，最怜自是农家。辛勤不计房檐下，筑别致、进出无哗。作远行、雏乳经风，饮露餐霞。　　人生如梦悟先醒，看花红草绿，闲坐烹茶。投老残年，感怀无悔年华。斜阳满目青山翠，欲生翎、心鼓轻挝。且似它、自在飞翔，心意无邪。

2014年第6期

盛　法

浣溪沙·春郊即兴

四野青秧披早霞，千山红袖采新茶。东风吹绿向天涯。
几处高楼先富宅，一弯溪水野人家。短墙横出小桃花。

2014年第11期

寇梦碧

清平乐·重修黄鹤楼

梦飞三楚，望断晴川树。下笔谁惊鹦鹉赋，漫道世无黄祖。　千山或可支颐，一湖聊当衔卮。只要眼前有景，何关崔颢题诗。

2015年第4期

文怀沙

捣练子·写给孩子

花烂漫，鸟飞翔，小树何时变栋梁。细细枝儿招雨点，青青叶子沐阳光。

2015年第6期

徐向前

忆响堂铺之战

巍巍太行起狼烟，黎涉路隘隐弓弦。
龙腾虎跃杀声震，狼奔豕突敌胆寒。
扑灭火龙吞残虏，动地军歌唱凯旋。
弹指一去四十载，喜看春意在人间。

2015年第8期

聂荣臻

忆平型关大捷

集师上寨运良筹，敢举烽烟解国忧。
潇潇夜雨洗兵马，殷殷热血固金瓯。
东渡黄河第一线，威扫敌倭青史留。
常抚皓首忆旧事，夜眺燕北几春秋。

2015年第8期

张治中

张自忠将军

裹革沙场骨尚温，捐縻顶踵为生存。
黄河浩荡流奇气，襄水斑斓洒血痕。
风雨中原恢汉土，衣冠此日认黄孙。
忠贞已是昭千载，我欲狂歌民族魂。

2015年第8期

叶圣陶

长亭怨慢·颂抗战将士

最前线，炮声含怒。赳赳桓桓，似潮奔赴。此役光荣，寻常征战岂其伍。众心无二，拼血淹、东方虏。热泪几多腔，保一寸、中华疆土。　　艰苦。尽忍饥耐渴，况复弹飞如雨。伤残死灭，尽都替、国人担负。未愿任、正义摧颓，又挑上、双肩维护。问两字英雄，此外伊谁堪付。

2015年第8期

冰　心

卢沟晓月信清明

卢沟晓月信清明，端赖坚持作抗衡。
世事强权终必败，和平正义是太平。

2015年第8期

齐白石

咏　志

青藤雪个远凡胎，缶老衰年别有才。
我欲九泉为走狗，三家门下转轮来。

2015年第8期

董必武

重游七里坪

残垒犹存旧战痕，义军根据地传名。
而今建设能跃进，不愧当年七里坪。

2015年第10期

启　功

自撰墓志铭

中学生，副教授。博不精，专不透。名虽扬，实不够。高不成，低不就。瘫趋左，派曾右。面微圆，皮欠厚，妻已亡，并无后。丧犹新，病照旧。六十六，非不寿。八宝山，渐相凑。计平生，谥曰陋。身与名，一齐臭。

2015年第12期

聂绀弩

挑　水

这头高便那头低，片木能平桶面漪。
一担乾坤肩上下，双悬日月臂东西。
汲前古镜人留影，行后征鸿爪印泥。
任重途修坡又陡，鹧鸪偏向井边啼。

2016年第4期

竺可桢

悼侠魂

结发相从二十年，澄江话别意缠绵。

岂知一病竟难起，客舍梦回有泫然。

2016年第7期

茅以升

别钱塘

陡地风云突变色，炸桥挥泪断通途。

“五行缺火”真来火，不复原桥不丈夫。

2016年第7期

周汝昌

辛丑二月二十七日，吴文女士见访，邀看大观园，感赋为报

芳园人说帝城西，花柳官桥迹欲迷。
萃锦久陈身后事，天香犹榜梦中题。
季伦旧语终难解，文叔新编倘易齐。
多幸来朝叩关处，试从燕嘴觅芹泥。

2016年第10期

唐圭璋

琵琶仙

甲戌春，同榆生游莫愁湖，湖涸楼空，四顾凄清，因相约为赋，依白石四声。

烟渚莎萦，暖风漾、乍立垂杨阑曲。天半潮落澄江，千帆蔽林木。鸥梦远、萍洲望断，问十里、藕吟谁续。一卷生绡，齐梁旧月，伤尽心目。　　怅无计、消得春愁，和清赏、天涯爱幽独。尘网文梁题字，只平芜新绿。花外引、红襟燕子，尚一双、软语空谷。隔岸天阔云闲，翠峰如簇。

2016年第12期

谢觉哉

回　乡

四十离家七十回，亲邻半在鬓全催。
入门相见不相识，握手先通名姓来。

2017年第2期

林散之

山　竹

寂历空山岁月迟，清尘摇曳不宜时。
日移枕簟疏留影，秋到潇湘醉有诗。
瘦骨难容举目赏，虚怀雅合寸心知。
几回风雨艰持节，只为平生怕受疵。

2017年第4期

沈祖棻

水调歌头·雨夜集饮秦淮酒肆，用东山体

瑶席烛初灺，水阁绣帘斜。笙舟灯榭，座中犹说旧豪华。芳酒频污鸾帕，冷雨纷敲鸳瓦，沈醉未回车。回首河桥下，弦管是谁家。　　感兴亡，伤代谢，客愁赊。虏尘胡马，霜风关塞动悲笳。亭馆旧时无价，城阙当年残霸，烟水卷寒沙。和梦听歌夜，忍问后庭花。

2017年第6期

叶恭绰

菩萨蛮·题溥心畬画松壑携琴

烟霞似与幽人约，寒岩宴坐增凄索。泉响韵松风，无限曲未终。　　携琴宁啸侣，冥想堪千古。万景昼疑阴，空山只自深。

2017年第8期

林伯渠

游爱晚亭

到处枫林压酒痕，十分景色赛天荪。
千山洒遍杜鹃血，一缕难招帝子魂。
欲把神州回锦锈，频将泪雨洗乾坤。
兰成亦有关河感，愁看江南老树林。

2017年第10期

徐特立

游瀑布次谢老韵（1960年1月）

我年较长足犹健，喜爱爬山四望明。
濯足濯缨无所择，游山游水不留名。
老怀喜见民生旺，跃进当令听者惊。
飞瀑喧泉无限好，老夫屈指已三临。

2017年第12期

陈三立

大雷电有作

划尽一楼奇，景物焕天眼。晴湖镜奁开，云岫屏风展。雁鹜时点缀，龟鱼共游衍。霜堤秃后株，黄绿作深浅。塔影卧寒漪，孤艇月中显。灵辉醉鬼梦，酒碗恣偃蹇。初夕逼霾曀，雷电下扫卷。文豹号万仞，金蛇绕百转。破山烧大浸，势与坤轴撼。飙海旋一螺，震撼保余喘。乖阳乘驳阴，天人气相演。疆鄙果兆乱，过师塞船辇。跳梁剩压卵，千里念蹂践。竖儒稽灾祥，宁以智自免。鸡鸣起欠伸，悲笳在城阪。

2018年第4期

程千帆

答迹园先生

盖棺嫌早买山迟，斯语深悲我所知。

畹晚夕阳占大运，萧条朝市哄群儿。

乌头马角宁终古，碧海红桑又一时。

坐对微凉惜长夏，新蝉已在最高枝。

2018年第6期

唐云旌（唐大郎）

题龚翁个展

昨天去到宁波同，乡会里厢看龚翁。
个展恒如群展盛，风姿渐逊笔姿雄。
眼前谈法应无我，海内名家定数公。
但愿者回生意好，赚它一票过三冬。

2018年第12期

朱庸斋

台城路·白莲

楚江余恨消沈尽，芳心为谁凄苦。翠盖扶云，明珰照水，应是冰魂归路。苹洲漫谱。料褪酒奁边，万妆争妒。一舸重来，故陂休问闹红侣。　　西风铅泪似浣，叹婵娟旧约，空倩鸥鹭。太液荒凉，铜盘冷落，尚识鸳鸯眠处。霓裳罢舞。料难认当时，袜罗微步。梦到琼楼，素肌人在否。

2019年第2期

程坚甫

湖畔归来老妻正在晨炊因景生情率成一律

侥幸寒厨薄有烟，座无宾客更无毡。
居常温饱知何日，卖尽痴呆又一年。
富倘能求犹未晚，磨而不磷岂非坚。
明朝依旧谈诗去，倚杖城南老树前。

2019年第9期

陈　毅

六国之行选一

一九六四年十月、十一月率政府代表团参加阿尔及利亚革命起义十周年庆典、柬埔寨完全独立七周年庆典，应邀访问印度尼西亚，途经巴基斯坦、阿联酋、缅甸。

西　行

万里西行急，乘风御太空。
不因鹏翼展，哪得鸟途通？
海酿千钟酒，山裁万仞葱。
风雷驱大地，是处有亲朋。

2019年第10期